NIVEL **2** LECTOR

el dodo

Pequeño y valiente

Por Joan Emerson

Scholastic Inc.

Originally published in English as *The Dodo: Little but Fierce*

ISBN 978-1-338-63107-4

10 9 8 7 6 5 4 3 2   21 22 23 24 25

Printed in the U.S.A.   40

First Spanish printing, 2021

Cover design by Mercedes Padró
Interior design by Kay Petronio

VERA

la bulldog francesa

Cuando Vera nació, ¡cabía en una taza de té!

Pero eso no era lo único diferente de Vera.

También tenía una condición conocida
como labio leporino. Eso quiere decir que
el cielo de la boca no se le había formado
correctamente.

Esta condición no le permitía a Vera comer fácilmente.

Necesitaba ayuda para alimentarse y crecer.

Cuando tenía una hora de nacida, ¡una mujer la vio y se prendó de ella!

La nueva dueña de Vera sabía que la cachorrita le daría mucho trabajo, pero estaba decidida a ayudarla.

Vera necesitaba cuidados las veinticuatro horas del día.
Su dueña la alimentaba a través de una sonda de alimentación cada dos horas.

Después de cuatro semanas, Vera ya comía alimentos sólidos.
También bebía agua de un biberón para hámsteres.

Muy pronto comenzó a caminar por sí sola.
Se caía de vez en cuando, pero eso no era un
problema.

Estaba claro que Vera quería llegar a ser grande y fuerte.

¡Su dueña sabía que esta cachorrita traviesa la acompañaría siempre!

Vera todavía es pequeñita, pero eso no la detiene.

De hecho, ¡se comporta como si no supiera cuán pequeña es realmente!

Vera juega con juguetes tres veces más grandes que ella.

Y hasta se ha hecho amiga de los gatos y perros más grandes de la casa.

Vera solo quiere jugar todo el día, y
los miembros de su familia están
dispuestos a ayudarla.
¡Un poco de cariño puede hacer una
GRAN diferencia!

CODY

la alpaca

Cody, la pequeña alpaca, nació en un rancho en Colorado.

Había más de cien alpacas en el rancho, pero Cody era muy especial.

Al nacer, pesaba solamente alrededor de seis libras.

¡Esa es la tercera parte de lo que usualmente pesa una cría de alpaca!

Cody era tan pequeña que no se podía parar.

Pero su dueño sabía que esta pequeña alpaca deseaba ponerse bien.

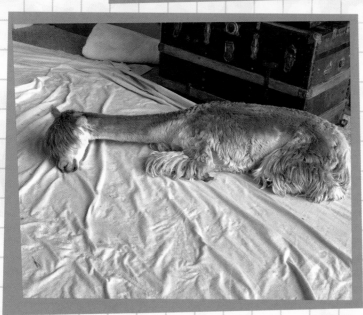

Cody necesitaba cariño y cuidado extra.
Su dueño la llevó a la casa para cuidarla.

Fue difícil para la familia adaptarse a esta situación.

Cody se alimenta de heno y es un poco desordenada, pero muy pronto todos se acostumbraron a ella.

Cody se divierte mucho viviendo en una casa. Le gusta acurrucarse y jugar con sus juguetes. ¡Hasta sube al segundo piso a la hora de dormir!

Ser pequeña todavía le ocasionaba problemas.

Cuando era muy chiquita, se fracturó una pata en dos ocasiones. Algunas veces estaba tan débil que no se podía parar.

Pero superó esos obstáculos con valentía, una excelente familia ¡y un poco de suerte!

19

A medida que Cody crecía y se ponía fuerte, comenzó a salir de la casa para estar con las otras alpacas.

Al principio no sabía qué hacer junto a los animales más grandes.

Después de un tiempo, las alpacas se hicieron sus amigas.

Ahora Cody explora el rancho durante el día con las alpacas.

Por la noche, entra a la casa para estar con su familia.

Cody puede ser pequeñita, ¡pero tiene un **GRAN** corazón!

CARAMELO

la ardilla

La pequeña ardilla Caramelo se hizo daño con la trampa de un cazador, pero un hombre se enteró de lo que le había sucedido y corrió en su ayuda.

El hombre condujo diecisiete horas para salvarla.

La llevó a una clínica veterinaria para que la atendieran.

24

Las patas delanteras de Caramelo estaban malheridas. El veterinario dijo que tendrían que hacerle una cirugía.

Sabían que la única manera de salvarla era amputándole las patas.

Caramelo salió bien de la cirugía. Parecía más fuerte que nunca.

Muy pronto comenzó a comer y a beber de nuevo. Cada día que pasaba se ponía mejor.

Se hizo amiga de otras ardillas rescatadas que vivían en su nueva casa.

Caramelo comenzó a correr por el jardín, pero no podía correr tan rápido como antes.

A su dueño se le ocurrió una idea para ayudarla.

Si la pequeña ardilla tuviese nuevas patas delanteras, ¡quizás podría correr junto a sus amigas!

Así que buscó a alguien que le pudiese hacer a Caramelo una **prótesis**.

El **aparato** parecía una carretilla en miniatura.

Al ponérselo, la ardilla tenía ruedas donde antes estaban sus patas delanteras.

¡Eso le facilitaba moverse tan rápido como antes!

Caramelo superó los obstáculos y sobrevivió.

Ahora esta pequeña ardilla se da la **GRAN** vida rodeada de terreno donde correr y muchos amigos peludos.

Glosario

alpaca: animal sudamericano, emparentado con el camello y la llama, conocido por su cuello largo y su pelaje sedoso

aparato: objeto que realiza una función en particular

cirugía: operación médica realizada por un cirujano

clínica: lugar donde las personas reciben tratamiento médico

condición: problema médico que puede durar mucho tiempo

labio leporino: abertura en el labio o en el cielo de la boca con la que nace una persona o animal

prótesis: aparato hecho por el hombre que reemplaza una parte del cuerpo

rancho: granja grande

sonda de alimentación: tubo especializado para alimentar a alguien que no puede comer normalmente